덕소 가는 길

일상을 노란 카톡 글쓰기로 두들겨 패고 잘 다져서
세상과 소통하고 다시 반죽해 독창적 의미와 창의적 표현을
시로 매일매일 만들어 낸다

시는 마음에서 몸마음으로, 다시 몸생각에서
생각으로 내려 앉는다

생각은 선실천으로, 선실천은 실천으로 이어져 시가
비로소 완성된다

내가 시를 쓰는 이유는
살아가는 시간 동안 시처럼 실천하면서 늙어 가는 것이다

덕소 가는 길 　목차　CONTENTS

제5부 | 사랑은 마음이 먼저다

1
고향은
어머니이다

덕
소

가
는

길

덕소 가는 길은 두 가지가 있다

한강을 끼고 햇빛을 휘저어
저녁노을로 붉은밥을 짓고
잘 익은 가을을 단단히 쑤셔 박아
묽은 새벽을 내놓는 도토리묵집을 지나

굽은 길을 굽이굽이 휘감아 가야 하는
팔당대교로 가는 길이 있다

길가 소나무가 다닥다닥
숨도 못 쉴 정도로 빼곡하지만
바짝 마른 넝쿨 보풀이
노란 중앙선에 뒤엉켜 나뒹굴고 있지만

반듯한 차선의 고속도로로 가는 길이 있다

팔당대교로 가는 길은
늙은 된장국에 어머니 마음 풀어
간두부 돌돌 말아올린 흰 밥을 만드는 것이다

고속도로로 가는 길은
젊은 플랫폼을 대패로 문질러
옹자국을 쓱닥쓱닥 지우고 긴 밥상을 만드는 것이다

고독한 어느 하루

다시 눈이 오지만
작은 햇살에도 탁한 도로에 몸을 스민다
아무것도 보이지 않는다
간밤에 불면 같은 잔설조차 그립다

놀이터 미끄럼틀에 미끄러지는
지독한 고독이 짙다

전자레인지에는 못난 춘천 감자빵이
속을 데우고
식탁 위에는 마른 육포가
더 말라가고
떠먹는 요구르트는 질퍽질퍽하다

뱅쇼를 끓이며 묽은 우울을 끓인다

겨울 빈 바람에 말라비틀어진
사과 몇 조각 넣고
첫맛이 몽하게 쓰라린
자몽 한 조각도 넣고
제주도 노란 풍경이 고스란히 잠긴
귤 몇 조각도 넣고
불면을 닮은 시나몬 가루를 탁탁 털어 넣고

한참을 끓인다
지겹도록 끓인다

14

답답해 고향으로 내려간다

답답한 세상이 언제까지 가려나

배달음식의 버려진 겉포장만
낡은 우울처럼 수북하고
골뱅이 깡통을 따면
누런 국물이 침대에 자빠진 내 마음 같고
감기조차 마음대로 걸리지 못하는
세상이 참으로 깝깝하다

서둘러 가방을 챙겨 어머니가 사시는
고향으로 간다

늦은 봄밤 소나무 카페의 풍경은
빈센트 반 고흐의 '아를의 붉은 포도밭' 같다
야외 그늘막에서 푸른 맥주를 홀짝홀짝 대는
흰 블라우스의 희망이 더 밝아 보이고
개울가 떼지은 유채꽃은
부는 달바람에 느엇느엇대다 해바라기를 닮아가고
위쪽 감논밭에 여린 감꽃은
우르르 달려드는 참새떼에 부끄러워
어쩔 줄 모르고

어머니 된장국에 밥 한 그릇 뚝딱 말아먹으면
답답함이 조금 사라진다

어느 개여울에서

개여울 세상 바닥에는 민물 참게 한 마리가
발발거리며 걷고 있다
예측하지 못한 거친 돌멩이에
단단한 집게발이 부러져 울울대고
질흙 속에 흐적흐적대는 모습이 딱 나다

물속에는 살집 좋은 햇살이 투영하듯 노닐고
애쓰지 않으려고 애쓰는 또 다른 내가 유영하고

작지만 큰 원을 그리며
슬픔을 뒤로 밀치고 앞으로 나가는
물방개가 있고

둑과 둑은 서로를 배려하며
개여울에게 바람의 길을 내어주고
그 바람은 탁 트인 들판을 가로질러
그 끝에서 차오르는 흰 구름떼와 닿는다

제 것을 다 쏟고 무무대거나
제 것을 다 얻고 유유대는

나는 어디에 있나

팔순으로 가는 어머니

타다 말다
타다 말다
가을 왕겨가 쓸쓸히
타고 있다

남아 있는 삶이 얼마쯤 될까

한 뼘쯤 남은 해가 기울어 가고 있다
논두덩이는 늙은 손등처럼 부어가고
길은 좁아지고 있다

늙음조차 늙어가는 것이 마음이 아프다

그 푸른 집앞 골목길이
색을 잃어가고 있다
느린 걸음걸이에서
시간이 점점 삭아가고 있다

남아있는 시간동안
나는 무엇을 해야 하나

어머니 같은 마음 깊은 집

설날 풍경의 까치소리는 잠잠하지만
처마 끝에 매달린 잘 익은 곶감이
아직도 붉고 탐스럽다

어머니는 설날 밥상 준비하느라 마음이 분주하다

마당 귀퉁이에서 솥 불을 지펴
정을 더 갈아 넣으며 추어탕을 펄펄 끓이고

햇빛에 탁탁 튀는 뒷밭 참깨를 쥐어짜
참기름을 두르고
간지논에서 키운 붉은 마음을 돌돌 갈아
푸른나물을 무치고

자식 걱정 같은 비늘을 걷어내 맑은 조기를 찌고
눈앞에 떠나는 순간
다시 그리움이 시작되는 식혜를 삭힌다

강아지 시츄 자두는 자기도 정이 고픈지 종일 컹컹댄다

19

따뜻한 풍경

소마구간 처마 끝에 매달린 물고기종은
흐르는 바람에 한들한들 대고
그 아래 소 여물통은 그 바람에
늘 비어있는 듯 아닌 듯 뒤뚱뒤뚱 대고

잔등 부은 소 눈두덩 망울이는 봉분인듯 젖살인듯
오월이면 뒷밭 산비알을 따라
미끄러져 내려오는 살구꽃 볼빛은 향긋하고

감잎 바람길은 생각의 좌우 쏠림 없이 산뜻하고
제 속을 흐르는 붉은 앵두가 피는 날에는
장독 너머로 속울음이 훌쩍거리고
제 속을 탈탈 털어내고 늦잠을 늘어지게 자던 노란 보리떼는
햇살을 타닥타닥 태우고 있다

지금도 그 따뜻한 풍경을 마음에 늘 담고 싶다

고
향
집

앞

밤
길
을

걸
으
며

고향집 앞 들밤이 깊다

칠흑보다 더 칠흑 같은 어둠이 깊게 베여도
가끔씩 켜지는 가로등 불빛은 따뜻하고
늦봄 개구락지 목청은 푸른 피 토하도록 푸렁푸렁해
외롭지 않다

저쪽 끄트머리 인실못에는 수장되어 있는
어릴 적 추억이 달빛과 뒤엉켜 처벅처벅 댄다

노동을 닮은 농노의 물소리는
메말라 까칠까칠하지만
여울가에서 첫사랑 물몸매를 훔쳐보며
가슴 뛰듯 물장구치던 물소리가
아직도 귀가에 첨벙댄다

구름은 어제의 이야기로 달밤을 밀어내고
케빈이 컹컹대던 소리는 마루가 컹컹대고
아버지가 걸었던 그 들길을 지금은 내가 걷고 있다

아
버
지

제
삿
날

아버지 제삿날이라고
어머니는 화장을 고치고 다시 조기를 굽고
아버지가 돼지고기를 좋아한다며 제육을 볶고
아버지의 기억이 떠오르고

새알 같은 차돌을 숯멍불에 구워
호주머니에 넣고
겨울 자전거 페달을 밟으며 추위를 견디며
오늘을 쉬지 않고 견디면
오늘 같지 않는 내일이 온다고

폭설이 내리면 꿩 사냥을 해
꿩을 까시나무불에 바짝 구워 먹으며
꿩 새끼도 때가 되면 스스로 살아가듯
홀로 고독을 지고
제 길은 제 스스로 찾아가야 한다며

가을에 밭고랑을 뒤엎어 굵은 고구마를 캐서
지게에 한 가마 지고 산 비탈길을 내려오며
삶의 무게를 지고 걸을 때는
한 쪽으로 쏠리지 말라며 중심을 비틀거리지 말라며

절실했던 그날 이야기

강릉 앞바다에는 내 풍경에 가장 절실했던 지난 이야기가 있다

재수 시절 아무도 나를 찾지 않았다
그해 오월 초등학교 선생님에게 도와달라고 상담했던 그날
그 선생님은 돈을 대 달라는 이야기를 하냐며 역정을 냈던
그 어느 봄날 그 산길을 따라 황톳처럼 먹먹한 마음으로
무작정 그 길을 걸었던 그날
서글픈 봄날 햇빛이 가득한 그 길이 한없이 생각난다

둘째 형님이 도와줘 재수 끝에 대학 시험 합격 발표를
기다리던 그날
동생이 내 시험 합격 전화 다이얼을 돌리다 대학 합격이라며
소여울 같은 큰 웃음을 짓던 날
어머니는 부엌을 나서며 등실등실 좋아라하고
아버지는 카세트 음악을 틀고
'발길을 돌릴려고 바람부는 대로' 노래를 부르며
발뒤꿈치로 박자를 치던
그 모습이 내 생애 가장 절실했던 모습이었다

강릉 앞바다 태풍비가 어제의 선을 긋고 있지만
파도가 오늘따라 유난히 거칠게 덮치고 있지만
그날로 다시 돌아갈 수는 없지만
그날만한 오늘이 지금 들이키고 있는 소주잔에 가득하다

나무는 나에게 등짝을 내어준다

등 굽은 나무는 휘어져 휙 차오르는 힘으로
나에게 세상을 살아가는 등짝을 내어준다

전주 한옥마을 앞 은행나무가 푸르다
노란 늙음이 젊음을 데리고 수수하게 익어 오르고
푸른 기억들은 햇빛에 타지를 않고
속이 너무 굵어
속에 속이 또 차올라
맑은 다람쥐가 그 속에서 파르르르 울다 지쳐
뛰쳐나간다

동네 입구 벚꽃나무가 밝다
서른 해 전 아버지가
바람에 펄펄 우는 벚꽃나무 가로수를 심었다
옆 개울가 살얼음 아래 옅은 벚꽃떼가 둥둥 떠내려가고
봄밤이 어두울수록 몸은 더 밝아지고
벚꽃나무는 꽃을 먼저 보내고 잎을 틔우고
나는 아버지를 먼저 보내고
그리움을 밀어 올리고

드라마 '나의 아저씨' ― 사람이 드라마다

드라마 '나의 아저씨'는 사람이 드라마다
아이유와 할머니는 고단한 생으로 달라붙었다
남원 박사골 쌀엿처럼
서로의 체온으로 서로의 몸을 녹여가며
바람구멍을 숭숭 메워가며
삶에 지쳐 모든 것을 버리고 싶은 삶이라도
다음 생애 함께 하고 싶은

아이유의 사랑은
그 사람 생각 그 사람 목소리
그 사람 발자국 소리까지 너무 좋아서
아무것도 소유하지 않는다

사람 향내가 살그랗게 베여있는
'나의 아저씨' 정희네를 보면 나의 정희네가 떠올랐다
흰 모깃불 핀 여름날 맑은 살평상에서
줄줄이 엮인 고구마 줄기 삶아서 살쳐 먹고
어린 호박잎에 강된장 싸서 먹고
옥수수 반 쪼개 살겹게 나누어 먹고
라디오에서 삐져나오는
국가대표 축구 경기 소리까지 살라 먹고

그
누
나

소소하고 소박하고 소담한
밥상을 차리는 누나

껍데기를 까고
있는 그대로의 생굴에
따뜻한 정을 붙여
굴전을 내놓는 그 누나

찬 노지에 속은 겨울이라도
겉은 봄날처럼 아삭한 그 누나

겉보다는 속정이 꽉 차
감귤처럼 마음이 참 따숩은 그 누나

고
향
생
각
을
하
면
마
음
이
늙
지
않
는
다

늙은 호박은 큰 잎사귀로 가을 소나기를 홀짝거리며
제 몸집을 불리고
산비탈길에 뒤뚱대다 부뚜막 끝에 미끄러진다
그 속을 탁 자르면
자궁 같은 붉타래가 가마솥에 기어들어가 느엇느엇 타오른다

뒷밭은 늘 살아있는 것들이 푸덕푸덕 댄다
햇살에 참깨가 제 속을 뒤집어
파닥파닥 튀고
여우비는 살구나무에 몸을 헹구며
부끄러워하고
딸기는 흙살에 온 힘을 다해 몸 비비다
붉은 속울음을 울컥울컥 토한다

마당은 정 보다 깊다
늙은 보리떼가 햇빛에 타닥타닥 타다
소 여물통에 기웃거리며 정을 붙이고
처마 끝에 매달린 오랜 메주는
범종 소리에 서걱대며 깊어가고
빨랫줄에 아가미를 쩍 벌린 젖은 명태는
긴 바람을 받아먹고 속을 익힌다

고향 여름밤은 마음이 울울대는 밤이다
굴밤나무 아래서 어둠을 베고 흰 모깃불 쫓아
첫별을 쫓고
늦달이 슬피우는 소리가 묵묵하고
풀울음이 새끼를 치는 소리가 먹먹하고
반딧불 따라 개 짖는 소리조차 적적하고

고향을 생각하면 시간이 치즈처럼 녹아 마음이 늙지 않는다

그래
—
그곳에서 그냥 살까

밤길에 산안개가 달빛을 퍼붓고
봄논에 개구리가 푸른 목청을 퍼붓고
벗꽃이 가로수길에 봄바람을 퍼붓고

고요하고
그늑하고
수수하고

희망이 간간이 베인 두부가
어머니의 조기탕에서 반욕을 하며
짜쪼롬한 남은 생을 들여다보고

파수 곶감 단지 논밭에 가을감들이
박수근 그림의 점묘처럼 올망졸망 매달려
넉넉하고 따뜻하고

간지논 묽은 고추의 여린 잎은
따순 나물로 무쳐 먹고
붉은 속울음은 갈아서 김치찌개에 흩뿌려 먹고
흑냄새 사람냄새 풀풀대는
그래_그곳에서 그냥 살까

마른 빈 방에 그리운 풍경을 다시 채운다

입곡 공원 숲그늘을 거닐다 보면 몸 풍경이 바뀐다
봄 벚꽃이 여름 그늘로 가는 신록에
마지막 몸꽃을 쏟아내고
저수지를 가로지르는 흰 구름다리가 학처럼
바람 소리에 휙휙 휘청대고
산책로 산길은 붐비는 사람들의 뒤꿈치에
산꽃들이 수북이 핀다

폭풍 같은 폭우가 폭포수처럼 쏟아지면
속 좁은 집 앞 개울은
거친 울음소리를 토하며
한참을 울다 졸졸졸 멈춘다
봄여름가을겨울을 살집 좋은 미꾸라지 잡듯
철벅철벅 대나무 소쿠리를 퍼 올리면
모든 시간이 다 빠져나가도
추억은 남는다
쓸려 갈 것은 쓸려 갈 만큼 쓸려 가야
누운 것들이 고개를 든다

이수정 가는 길은 은행나무 가로수가 줄지어 있다
마른 잔기침 소리에도
은행잎의 노란 우수가 우수수 쏟아지고
묽은 은행알은 슬픔을 삭혀서
깊은 시름으로 시큼시큼하고
겨울 빈 가지는 가스통 바슐라르 펜 끝으로
빈 하늘을 흔들어 대 가을 고독이 줄줄줄 흐른다

그
해
여름

그해 여름이 생각났다

더워도 너무 더워 해종일 물을 마셔도
소변이 마렵지 않았다
내 안에 모든 것들이 말라비틀어져 버렸다
생각조차 말라 버렸다

상림숲 나무그늘 속 흔들의자에 생각을
흔들어 댄다
마음이 다 흘러내리면
생각의 껍데기에 뒤엉킨 뿌리가 흰 몸뼈를 드러낸다

숲속에서 들려오는 이외수 작가의 언어가
귀속에 소닥소닥대고
천 개의 물소리가 옹지지 않게 졸졸졸
내 밖을 휘감고
껍질조차 푸름이 깊어
몸 구석구석에 맑은 여우비가 내린다
여름이 석류 속처럼 지독하게 무더워지면
그해 여름날이 소스라치게 떠오른다

2

여행이
차오른다

드라마 눈부시게 — 더 늙기 전에 내가 구독하고 싶은 것들

아침 8시에 쿠퍼스가 달짝지근 문고리에
걸려 있고
낡은 일상을 팍팍 닦아내는 청소하는 아주머니가
매주 금요일마다 청소기를 탈탈탈 돌리고
불 꺼진 침대에 누워
보고 싶을 때마다 볼 수 있는
티빙을 구독해 끼득끼득댄다

늙은 내가 더 늙은 나에게
무엇을 구독해야 하나

아침저녁마다 일상을 에어프라이기로 탁탁 튀겨
맛있는 시로 구워내고 싶고
제주도에서 이스라엘까지 뜀박질하는
노을 산책에
발뒤꿈치에 달라붙는 저녁해의 낭만을 들여다보고 싶고

스타벅스에서 주문한 치즈케이크처럼
첫맛은 낯설고
뒷맛이 낯익은 사랑이
늘 달콤했으면 좋겠다

그 순간순간 눈부신 날들이 눈물 나도록 아름다워
고독조차 구독하고 싶다

눈부신 곳으로 가고 싶다

작년 이맘때 태국 치앙마이에 있었다

새벽에 새벽밥을 먹고
새벽달이 해달이 될 때까지
골프를 치다가
박카스사이다를 마시다
낡은 생각이 몸 밖으로 툭 뛰쳐나왔다

스타필드 사람들은 모두 다 마스크로
흰 벽을 치고 다닌다
준오 헤어에서 염색약을 바르다
답답해서 신문의 풍경을 뒤치락 거린다

눈부신 것들이 그리워졌다

독일 제마탈 인근의 산악 지대를
달리는 기차를 타고
절망을 풉풉 토해내며
흰 희망의 설경을 절실히 읽고 싶고

핀란드 라플란드에서 북부의 빛 오로라를 보며
잡다한 생각의 혼이 빠져나간
맑고 푸른 몸을 갖고 싶고

네팔 카트만두에서 홀로 우뚝 선 설산을 보며
몸을 공중에 띄워
내 밖에서 몸 안을 들여다보고 싶다

고독이 차오르면 제주도 풍경을 차올린다

키 낮은 돌담 사이로
고개를 슬쩍 내밀다 들켜 수줍어하는 바람이
너무 소담스럽고
그 너머 감귤의 노란 불빛이 올망졸망 매달려
참 따숩다

곽지해수욕장 산책길 귀퉁이를 붙잡은 맑은 포말이
노을 끄트머리를 툭 치고 달아나면
수평선에서 놀던 흰 갈치배 잡이가
통통거리며 놀란다

절물 휴양림에 있는 편백나무는
하늘을 한 뼘씩 가려 제 굵은 몸을 감추고
그 아래 숲길은 묽은 햇살을 흩뿌린다

돌문화원 낮은 초가집에는
대숲 소리가 제 몸집을 불리고
복싱 선수 같은 수석은
막 뛰쳐나올 기백이 오백장군이다

살다가 고독이 차오르면 제주도의 풍경을 차올린다

이
스
라
엘
에

다
시

가
고

싶
다

늦잠을 자던 해가
정원 나무 위 작은 오두막집에 스몰스몰 기어 나와
뜰 안을 거닐다
금세 지크론 푸른 하늘에 높게 드러눕는다

올리브나무는 몸집이 굵어 속이 터질 것 같고
높은 소나무는 키가 너무 커 바람에 목이 부러질 것 같다

골란고원 바람이
마음 풀린 무풀을 휘저으며
갈릴리 호수로 내려가는 물길을 트다
포도밭 머리 위 흰 햇빛을 받아먹고
들소는 지친 바람을 혓바닥으로 핥아
길을 문지르다
저문 들녘에 돌돌돌 말린 밀통을 차곡차곡 문지른다

하이파 해변가 저문 수평선에
노을이 몸을 묽게 씻고
흰 물빛에 서핑을 즐기며
백사장 한 켠에 앉아
노란 맥주 한 캔을 벌컥벌컥 들이키면
해변가를 휘도는 산책길 걸음걸이에
꿈꾸던 저녁이 차박차박 달라붙는다

태국 미션힐 골프장에는 낭만이라는 달이 뜬다

새벽 골프를 친다

흰 공을 때리면
먹먹한 고독이 도르르 구른다
소나기가 쏟아지면 서서 젖은 채 말리고
그늘막에 맥사 한잔 탁 털어 넣으면
트인 마음이 톡 쏜다

코코넛게가 저녁 참불에 몸을 앞뒤로 뒤집으며
제 속의 내장을 꾸역꾸역 토하며
딱딱한 고독을 끝내려 거친 숨을 내뿜고
두리안은 슬픔을 익혀 깊이를 삭히고
수박은 희망을 품어 시간을 줄줄 풀어낸다

달밤이 깊다
밤바람이 연못가 풀울음 소리를 퍼 날라
고독이 다 마르고
고스톱을 치는 누나들이 짝짝 짝짝
옆에서 소주 마시는 형들은 단짝 단짝

치앙마이 별들이 장대비처럼 쏟아져
고독이 다 떠내려간다

함양 상림숲의 깊이가 눈부시다

길은 간밤에 달술에 취해 황톳길을 먹고 벚꽃을 토한다
가야 할 것과 가지 말아야
그 사이를 다져 제 몸을 내어준다
사람들이 아무리 몸을 밟아도
좌우 쏠림 없이 중심을 잡는다

햇빛은 개천 실여울에 몸 담그고
쩌렁쩌렁 얼었다 해랑해랑 녹았다
누군가를 울릴 수 있는
힘을 축적했다가
한 번에 숲살에 쏟아낸다

바람은 햇살이 탁탁 튀는 숲길을 문지르다
가지와 가지 사이
몸뼈를 쭉 훑어 수액을 빨아먹고
숲 위를 가르는 윗길에 드러누워 세상을 누린다

진동 앞바다에서

아는 감독과 진동 앞바다 바다횟집 노란 가로등에 앉았다

부둣가 귀퉁이에
낡은 배가 쪼그리고 앉아
포말을 피워댄다
그 등짝에 녹슨 우울이
톱처럼 득지득지하다

고독이 짙게 배인
아는 감독에게 왜 사냐고 물었다

눈 뜨면 출근하고 퇴근하면
사춘기 두 딸의 등쌀에 고단하다고

자기 등을 등굴게 돌돌 말아올린 아나구를
구수한 쌈장에 오돌오돌 독하게 씹어돌리고
남은 뼈 속 수액까지 탈탈 털은
붉은 매운탕을 절실하게 들이키고
마요네스 뒤섞인 양배추를 양볼 가득 바스락거릴 때

왜 사냐고 다시 물으면

왜 사냐고 묻는 사람은
시간이 녹녹한 사람이라고 타박을 한다

남원에서 골프를 치고

아침 설눈에 흰 골프공은 보이지 않는다
색을 드러내지 않는다면 묻힌다
공이 똑바로 가지 않는다
하루라도 내가 나를 읽지 않으면
내 마음은 똑바로 가지 않는다

골프장 근처에서 남원 추어탕을 읽는다
제 몸의 모든 것을 갈아
누군가의 국물이 된다는 것이 놀랍다
생각에 짠네를 쭉 뺀
곤드레 나물처럼 몸이 맑아진다

골프 사람들과 보살 점집을 찾았다
여자로 헛물이 흐르고
재물로 헛꿈이 흐른다며
낄낄 깔깔 껄껄

저녁 무렵
남원 착한 한우집에 가서
몸뼈와 가장 가까운 늑간살을
앞뒤로 몸을 뒤집으며 굽는다
고단한 일상이 찰진 생고기처럼 찰지라고

소랑호젠 — 사랑하려고에서

코로나에다 겨울 북극한파까지 파닥파닥 대고
늙은 소파에 드러누운 내 신세가
거실 바닥에 멍 때리는 골프공 신세다

왕십리 소랑호젠_사랑하려고에 갔다
흰 벽에 빔을 쏘아 제주 앞바다의 은유가 퍼덕퍼덕 댄다

제주도 지드래곤 카페에서 협재해수욕장까지
바다 귀퉁이 산책길을 소담소담 걸으며
붉보라 노을을 깊게 흡입했던 그 기억이 자욱하다

디아넥스 호텔 사우나에 먹먹한 호박처럼 눅눅히 앉으면
몸 아래는 기형도의 안개가 니체의 얼굴로 낮게 깔려 따뜻하고
몸 위로는 하나의 자아에 수만의 형용사가 달라붙어
솔솔한 산솔바람이 설설하다

봄날의 개울가 풍경

봄날은 개울가에서 먼저 온다

물여치가 물 위를 유유적적 떠돌다
구름 몇 조각 방생하고
송사리떼는 맑은 흙살을 헤집으며
한들한들 거리다
수초에 물그물을 치고 봄날을 재촉한다

어머니가 빨래를 한다
구겨진 바지를 팍팍 때려풀어
흙비누로 절망을 바닥바닥 문질러
얼룩을 지워내고
흐르는 물로 흐르는 주름을 펴고
베인 절망을 두들겨 팬다

물빛에서 부는 바람이 밝다
부는 바람이 강아지풀을 쭉 훑어
작은 못에 흩뿌리고
물장구치는 햇빛의 흰 엉덩이를 연신 찰삭찰삭 때린다

큰비가 내려 다 떠내려가도
겨울 찬바람에 모두 다 얼어붙어도
개울가 샛풀은 화들짝 다시 피고
다시 수수하게 지고

잠잘 때 자연의 소리를 듣는다

불면에 시달릴 때
헤어 카카오 자연의 소리 들려줘 하면
자연의 소리가 쩌렁쩌렁댄다

파도 소리가 침대 위 뱃살 위로 찰랑찰랑 댄다

강릉항 앞바다 커피섬에 게이샤 커피가
짙게 처벅처벅 대고
붉은 바다해는 저물어가는 시간을
수평선 넘어 가라앉을 때까지
뒤돌아보며 해죽해죽 된다

자갈 구르는 소리가 목침을 타고 뒷덜미를 덮친다

몽돌바다 검은 돌이 좌르르 구른다
비워내는 몸은 문지르면 문질 수록
몸이 더 단단해지고
마음의 해변 평수가 더 넓어진다
풀울음 소리가 먹다 만
요구르트병에 새끼를 치며 허북허북 댄다

어머니 쑥 캐는 소리가 풋풋하고
새벽 도마에 탁탁 도다리 꼬리 자르는
소리가 맑고
도다리 봄국에 봄날을 새끼치는 노란 날치알이
발발거린다

3

늙춘도
꿈을 꾼다

샤 브 샤 브 국물에 내가 소유하고 싶은 것을 담그며

팔팔 끓는 샤브샤브를 들여다보면
내가 가져야 할 세상의 것들이 보인다

국물은 사랑 같다
맑고 담백해야 지루하지 않고
몸뼈가 우러나와야
오랜 인연이 베이고
누군가의 무늬가 되어야 마음이 깊다

고기는 돈 같다
먹을수록 삶에 질감이 높고
푹 빠질수록 국물이 넓게 다가오고
가질수록 더 잘게 씹어야 체하지 않는다

야채는 여행 같다
낯선 것을 겹겹이 싸면
낯익은 것들이 부들부들 해지고
일상에 살짝 빠뜨려 건져 내면 생기가 살살 돋는다

버섯은 시 같다
산솔가지 아래 외따롭게 홀로 앉은
폼새가 시를 쓰는 폼새고
다른 재료의 몸을 말갛게 데운다

하남 스타필드에 가면

하남 스타필드는 수 천 개의 조알 같은
노란 쇼핑이 너른 바위턱에 끝도 없이 펼쳐져 있다

샤넬로 간다

백화점 흰 조명 모래밭에 붐비는 발자국마다
짙은 향수가 짙게 베이고
블랙의 서랍마다 얼굴을 밝히는 흰 자갈 위에
해몽한 물햇빛이 그렁그렁하고
벽에 걸린 광고판 스킨이 밀치는 사람들 물결에
찰랑찰랑 댄다

가판대로 간다

물 아래 진흙 밑바닥에서 삐져나온 붉은 울음이
소소한 립스틱에 담겨있고
강가 바람에 하눌하눌 마음이 긴 코스모스는
둑길을 따라 꽃핀으로 놓여있고
하늘 끄트머리에서
목을 쭉 빼고 낮잠을 자던
흰 해바라기는 목걸이로 걸려있다

샤넬도 가판대도 같으면서도
다른 바람이 몽돌바다처럼 북적북적 붐빈다

시를 다시 배우고 싶다

오규원 현대 시작법을 읽으면서 시를 배웠고
원고지에 얼굴을 파묻고 신춘문예로 밤을 지새웠고
이시영 시인에게 시를 배우려 서울로 상경했었다

지금은 마음 가는 곳에서 시를 배우고 싶다

강원도 키 큰 나무가 아주 높은 곳에서
젖살 같은 햇살을 토실토실 토하고
가지 끝에는 멀건 바람이 바작바작 댄다
그 밑에서 아주 깊은 더덕을 캤다
그 향내를 닮은 시를 쓰고 싶다

창비는 붉은 해와 반죽된 미나리밭이다
진흙 속에서 세상의 푸른 것을 건져 올린다
문지는 맑은 하늘과 반죽된 개울가의 물빛이다
그 물 밑에서 흰빛을 밀어 올린다
그 두색 사이로 스며드는 시가 내 시였으면 좋겠다

이스라엘 지크론 하늘은 너무 푸르르고 눈부셨다
올리브나무는 마음이 잘 익어 굵은 몸을 가졌다
해변가에는 맥주 한 캔에
수평선 노을을 깊게 들이마신 하이퍼 바다가 있었다
그 여행으로 내 시가 떠났으면 좋겠다

드라마 상도를 보고 — 사람을 남기며

내가 즐기며 가는 길에 어떤 사람을 남겨야 하나

내 침대 옆에는 두 남녀가 유채길 여행을 떠나는
최작가의 그림이 비스듬히 누워있다

어떤 사람을 남겨야 하나

여행을 하면서
함께하면 마음이 탁 틔이고
돌아보면 마음이 먹먹히 젖어드는
그런 사람이면 어떨까

골프를 치면서
공이 똑바로 가지 않아도
괜찮다고 내 등을 두드려 주는
그런 사람이면 좋지 않을까

시를 카톡으로 보내면
햇살 몇 토막 같은 답장을 보내주고
내가 읽어주는 시를
그냥 들어주는 그런 사람이면 좋겠다

늦춘 1 — 돈이 마당이다

돈은 우리집 마당을 닮았다

마른 흙에서 상추가
갓 올라와 몸을 후닥닥 털 듯
돈은 마당을 노닐며 풍류를 풍성하게 즐긴다

우리집 마당 귀퉁이 박두 단감나무는
눈에도 아름답고
그 기세가 학처럼 스스로를 잘 드러낸다

붉은 앵두는 제 무게를 못 이기고
가지마다 붉은 속마음을 축 늘어뜨려
이 사람 흘깃 저 사람 흘깃
햇볕에 넉넉한 마음을 느엇느엇 뜯어먹고 있다

속에는 청춘이 희끗하고
겉에는 잘 익은 반죽이 푸렁푸렁 매달린
대추 몇 개를 지갑에 넣고
외출하면 몸이 든든하다

한 달에 천 개의 바람이 빠져나가도
그 마당은 그대로다

마당 스스로가 오백 개의 바람을 만들고
나머지 오백 개의 바람은 젖은 구름이 만든다

늦춘
2

—

사람 사이는 미나리와 부추 같아야

사람과 사람 사이는 미나리 같아야 한다

미나리는 논바닥 진흙 속 깊이
흰 뿌리를 철벅철벅 내려
온 힘을 다해
몸동을 파들파들 흔들어댄다
서로 간의 뿌리가 깊고 단단해야
몸동이 금세 다시 자란다

몸동을 벨 때 너무 깊게 베면 밑동이 다친다

서로가 서로에게
겉을 바싹 구워 속을 가두고
속을 두루두루 익힌
오겹살에 미나리 한 잎 척 걸치면
사람과 사람 사이 푸른 물즙이 확 퍼져 생겹다

사람과 사람 사이는 부추 같아야 한다

부추는 외딴곳에서 거름만 한 슬픔을 깊게 흡입하고
늘 곳곳 하게 서서
꼬질꼬질 향내 풍기는
낡은 잡풀을 한올한올 골라내고 있다

낫달로 적당한 깊이로
부추 밑동을 베면 벨수록 그 향은 멀리 퍼진다

부추전 밀가루 반죽은 묽지도 텁텁하지도 않게
매운 고추를 빗살로 빚어
넓고 동그랗게 다져
지평 막걸리 한잔 착 말아 올리면
사람과 사람 사이는 바삭거리고 구수한 향내가 퍼져야 정겹다

늦춘 3
—
골프만큼 그 풍경이 좋다

작은 구릉이 구름 떼를 봉분처럼 끌고 다니고
파도는 포말을 더 잘게 쪼개
벙커에 퍼붓고
잔디는 몸에서 생각이 빠져나가
밟는 발걸음에
여름날 참매미 울음이 해종일 쩌렁쩌렁하다

흰 공을 딱 치면 생각이 도르르르 구르고
바람이 돌돌돌 말린다
햇볕은 잡풀을 한올한올 뽑아
새치를 까마귀 먹이로 던져주고
늙나무가 뻐국기 울대로
늦춘을 뻘컥뻘컥 밀어내고 있다

맑은 맥주는 산노을 들바람처럼
끝이 탁 쏘고
노란 계란탕은 산수유처럼 봉긋하게 피고
미나리 나물은 사람 향내가 풀풀대고
태국에서 두리안 속
속 깊은 궁내를 즐기고
이스라엘에서 저린 올리브나무
풋내를 삼키고
뉴질랜드 스테이크 평지에서
홀인원을 하고 싶다

늦춘 4
—
여행을 가다

여행은 서너 잔의 술에 취할 때 그 맛이 배가 된다

바삭 마른 영광굴비가 고추장에 뒤범벅된
잘 익은 햇살을 골라 먹던
법성포 한정식이 떠오르고
여름 복어가 제 배때기에 달라붙은
노란 희망을 포로 떠
찰기가 찰찰 혀를 감싸 쥐던
진해 횟집이 떠오르고
이스라엘 창만 가게 청양 스프에
고향 게살 맛이 푹 녹여 흐르던
기억이 떠오르고

여행은 먼 곳부터 가까운 곳으로 가고 싶다

스위스 호수길을 트래킹 하며
만 가지의 생각에
몇 개의 마음을 골라낼지
핀란드 라플란드 오로라 하늘을 보며
내 남은 생에 무슨 기억을 남길지
내 몸을 들여다보고
쿠바 해변가에 재즈를
틀어놓고 노을 맥주를 들이키고 싶다

늦춘 5 ─ 시를 쓰다

시로 자연을 읽고 싶다

달은 제 엉덩이를 두들겨 패
가족들을 늘 곁에 두고
바람 먹은 솔방울불은 눈을 부릅뜨고
늦꿈을 부추기고 있고
물 없는 하늘을 흐르는
물은 수평의 저울로 마음의 좌우가 치우치지 않도록
생각을 살피고
빗물에 귀퉁이가 눌포시 눌려도
거친 바람에 몸가지 밤새 휘청휘청대도
나무는 나무의 이름으로 자라고
흙은 뒤엉킨 뿌리를 달래며 중심을
오래도록 붙잡고 있다

시를 닮은 시를 쓰고 싶다

빗소리만 들리면 아이유의 개여울 음악을 켜고
빈 소주를 마시고 싶고
스물다섯 꼬깃꼬깃 팔절지에
스케치했던 라캉과 그의 친구들 이야기를 다시 듣고 싶고
대학 시절 참고열람실에 따끈따끈했던
어제의 창비와 문지 시리즈를 탐독해
오늘을 읽고 싶고
뉴질랜드에서 일주일은 골프장에서 일주일은 여행을 다니며
한 잎의 사진에 글을 달고 싶고
사람과 사람 속에 떠도는
수억의 별들의 스토리를 기록하고 싶고
한 편의 영화와 공연과 드라마를 보며 울거울을 만들고 싶다

늦춘 6 ― 사랑을 꿈꾸다

사랑에는 바르게 놓인 퍼즐이 없다
불규칙적이고 불안하고 불완전한 퍼즐 더미에서
퍼즐을 한 조각씩 완성해 나가야 한다

소나무 커피숍에서 블랙커피를 마시며
사소하고 소담하고 소박한 사랑을 꿈꾼다

야외 탁자 옆 보라꽃 떼가
키 낮은 바위 문턱에 앉아
흙살을 파고 있고
실개천에는 노란 유채가 물 떼를 눈꽃처럼 퍼 나르고 있다

커피숍 주변 빈 땅이
잡풀 몇 개 끌어안고 바람을 주워 먹고 있다
밭에는 콩이 있고 잡초가 있어야
버려진 땅이 되지 않는다
아메리카노 몇 잔으로 일상이 훅 지나가도
헤르만 헤세의 알처럼 흰콩을 건져내야 한다
사랑도 때론 수확이 필요하다

사랑도 자유를 꿈꿀 수 있다
사월의 솔나무의 가지는 바슐라르 상상처럼
부분부분 자유롭게 일상을 휘적휘적 대고
몸나무 몸체는 하늘로 일제히 치솟고 있다

사랑은 배려다
텃밭인 사람에게는 씨앗을 착착 뿌려 주고
참숯 속 불판에 고기를 먼저 척척 올려 줘야
마음이 깊어진다

늦춘 7
|
가족은 곧 어머니이다

커피 소나무집에 작은 폭포에 우두커니 앉았다

저마다 할 말 다 못하며 어울려 살아가는 가족처럼
흐르는 물을 받치는 낮은 돌들이
지그재그로 매달려 있다

물 떨어지면 윗돌은 한번 물을 당겼다
아랫돌에게 내려보낸다
혹시 아플까 봐
다 내려온 물은 햇볕에 찰랑찰랑 대며
속을 다 내려놓아도
다들 즐거워 보인다

어머니가 생각나 장날 장구경하러 갔다

콩물을 내리면서
정을 내리는 두부집 아저씨 두 손은 여전히 희고
요구르트 아주머니는 늘
그 자리에 있고
고구마는 자식 걱정에 눈두덩이가 부어있고
당근은 흙 묻은 채 마당으로 뛰쳐나오고
늙은 노을이 뒤치닥 대는 장날 파장은
어머니의 뒤 모습을 닮았다

열흘 전에 사 드린 새끼 간갈치는 다 드셨을까

한 권의 시집을 내면
물컹한 자아가 커 보이고
나머지 세계가 사사롭고 작아 보인다

시는 콩멧돌이다
어떤 일상도 갈아 진한 자아를 만든다
시는 콩시루에 콩나물 같다 시를 쓰다 보면
어느새 나도 모르는 사이에 멀건 자아가
부쩍 자라 있다

사랑은 산사의 범종이다
처마 끝이라 다가가도 닿을 수 없고
뒤돌아 멀어지면 귀속에 달랑달랑 댄다
사랑은 적당한 거리가 말끔한 자아를 만든다

돈은 낫달이다
베일 수도 품을 수도 있다
돈은 딱딱한 베이커리처럼 사각사각대는 야채가 끼여 있어야
바삭한 자아가 씹힌다

여행은 스타필드다
내가 가고 싶은 길들이 빼곡히 들어차 있다
여행은 시간 디자인에 따라 붉쿵한 자아가 생긴다

골프는 매일 아침 배달되는 쿠퍼스다
너무 많이 먹으면 내장이 묽고
너무 먹지 않으면 몸이 텁텁하다
골프는 묵직한 자아를 준다

즐거운 어느 봄날

이스트밸리 골프장으로 가는 라디오에서
아이유의 라일락 음악이 뿜짝뿜짝 삐져나오고
먼 봄산에서 붐비다 지친 봄꽃들이
바람의 먹이로 길 위를 나뒹굴고 있다

골프장의 높은 하늘 끝자락에
붉송이 말끔하게 가지를 쳐내며
우아하게 하늘을 이고
느엇느엇 들여다보는 힘을 뿜어대고 있다

갈비도락에서 갈비의 겨울을 뒤집어
봄날을 익히고
미자누나네 집으로 모여 과일을 깎으면 껍질을 깎는다

몸 껍질이 깎이면
마음이 매그러운 사과도 푹
불타는 태양 속 흰 잔별들을 폭 품은
딸기도 푹
우울까지 탈탈 털어내
속이 시원한 배도 푹푹

즐거운 어느 봄날을 포크로 푹푹 댄다

이
곳
에
서
도
살
고
싶
다

스타필드는 통영 앞바다를 닮았다

우르르 좌르르 흰 멸치떼가 쇼윈도우에 파닥대고
전복은 멀건 속을 까고 말간 유리창에 붙어
햇빛을 핥아먹고
미역은 물바람에 휘적휘적 대며
풍원장에서 터를 잡고
쇼핑을 하고 집으로 돌아오면 마음이 반질반질대고
밤마다 굵은 소라집에서 포말 소리가 휙휙 댄다

골프장에도 어김없이 봄은 온다

늦겨울 배꼽 위로
툭 튀어나온 흰 봄티 옆에서
빈 스윙을 휙휙 휘두르면
산수유꽃이 화들짝 놀래 파닥파닥 댄다
밤새 퍼붓던 눈들이
필드에 확 펼쳐져 있고
흰 공을 딱 치면
흰 희망이 도르르 구르고
붉은 공을 딱 치면
몇 안 되는 열정이 훅 타오른다

미자 누나네 코다리 맛은 깊고 참으로 살겹다

살집은 두텀하고 청양고추는 칼칼하고
졸면서 졸아가는 무우는 갈수록 깊고
문어는 다리로 국물 맛을 보며 몸에 물을 밀어내고
떡사리는 졸떡쫄떡대며 마음에 붙은 정을 떼어내고
벽면에는 고성 거진항 앞바다 거센 수평선이 철벅철벅댄다

4
음식산책도
문화다

진주 하모한정식 집에서

빈 밥상을 들여다본다

가끔 비어 있는 밥상의 깊이가 더 깊다
맑은 물 한 잔도 깊다
가지런히 놓은 빈 숟가락처럼 반듯하고 싶다
아무것도 채워지지 않은
흰 접시처럼 그대로 맑고 싶다

밥상이 들어온다

풋풋한 산나물은 제 숨을 죽이고
감자전은 제 몸을 일그러뜨려
속을 동그랗게 낮추고
부추는 마음을 쭈빗쭈빗 바로 세워
그 향내를 몸 밖으로 밀어내고
바람 숨구멍 송송한 무우는
제 속 껍질까지 다 벗겨내고

다시 빈 밥상을 들여다보면 마음이 더 깊어진다

막창집에서 소주 한 잔 걸친다

남다른 막창집에서 남다른 나를 꿈꾸며
메추리알처럼 속을 다 까고
세상을 탓하며 투덜투덜 댄다

잠 못 들면 날카로운 날이 생각 밖으로 삐져나와
몸이 빠짝 서고
쉰내 푹푹 풍기는 파김치처럼
마음이 푹 삭아 너무 고단한 하루가 된다

막창 속 내장에 돌돌 말린 콤플렉스를
누군가가 건들면 아집이 불같이 툭 튀어나온다
내가 누군데 어디서 나를 건들고 난리야 하며

얇은 냄비에 끓고 있는 라면은 조잘조잘 깊이가 없다
속이 상하면 속병 난 듯 아무나 붙잡고 퍼붓는다

매운 막창을 집어먹던 손국장 형님이 투덜대는
귀가 귀찮은지
나를 힐끔 보다가 젓가락으로 벽에 붙어 있는 글을 가리킨다

'막창집은 막창이 맛있어야 한다'
나라는 놈은 내가 먼저 멋있어야 한다며

영광 법성포 굴비 한정식을 먹으며

시간의 축적이 오래 되었다고 더 깊지는 않다

청바람 풀풀 풍기는 보리굴비가 파르르르 운다
찬물에 밥같이 말아 먹어야 같은 마음이 흥건하다

저녁 해거름과 잘 반죽된 고추장 굴비가 붉으락 댄다
마음은 비비는 시간만큼 정이 붙는다

파 숭숭 사이로 사르르 녹는 병어조림도 살푸르다
시간은 오래 끓일수록 그 속이 부드럽다

시간의 축적은 첫맛에 뒷맛이 깊게 베여야
오래이다
오래이다

미자누나네 코다리찜을 먹으며

강원도 고성 거진항 밤불들이 겨울 바다와
거칠게 다투고 있다

숨을 다 드러내고 내장을 다 내주고
명태 건조대에 몸 껍데기까지 다 내어 줘도
고독하다

내 몸의 반은 마르고 반은 젖고
겨울 찬 바람이 내 살을 베어내고
햇살이 지독하게 마음을 부풀려도
고독이 깊다

밥 친구가 없어 외로울 때면 미자누나네 코다리집에 간다

국물이 붉다
속뼈를 바르고 가위로 웃자란 마음의 지느러미를 자르고
속살이 부서지지 않으면서 부드럽고
동치미 국물은 여름날 녹두비처럼 맑푸르다
코다리를 다 먹고 문을 나서면
매운 고독이 삭 가신다

단짝을 만나면

수평선 노을이 벌컥벌컥 넘어갈 때
제 흔적을 들푸르게 휘젓는 맥주는 남해바다를 닮았다
사람과 사람 사이는 동백꽃이 핀 섬이 있다
속이 여려 향이 없는 게
소주를 닮았다
두 단짝이 만나면 사람의 향내가 풀풀 풍기는 소맥이다

콜라비를 차곡차곡 씹으면 단내가 가득하고
오이를 씹으면 여름 흰 소나기가 사각사각 댄다
갈치와 볼락의 속을 뒤섞어 파 송송 넣으면
입속에서 내장이 팔팔 튄다

내가 살아있는 은유를 만들면 김교수는 죽어가는 은유를 지운다

대나무 참숯불을 보며

대나무 참숯불이고 싶다
내 속을 비우고
그대로 다 타고 싶다
살아있는 속불에 살고 싶은 돌장어가
제 몸을 주절주절 뒤집는다
내 열정에 내가 타고 싶다
누군가를 태우고 싶지는 않다

누군가의 돌장어 밥상을 차려 주고 싶다

고추냉이 먹은 희고 얇은 쌈무우는
순백이 깊어 홍빛을 띠고
메추리알은 흰 엉덩이를 까고
좌욕하면서 무념무상 중이고
매실 장아찌는 제 몸을 절어
제 욕망을 탈탈 털어내고
바람이 우는 빈 소주병은
다시 채워지기를 기대하지 않고
불판은 누군가를 데웠다고 생색내지 않는다

참숯불은 제 몸을 다 태우는 마지막까지
제 모습을 지키고 있고
바닷가 노을은 제 몸을 다 태우고
낡은 뱃머리를 붙잡고 노란 오줌을 누고 있다

곶감이 익어 가면서

파수 곶감 사러 갔다

가는 길 빈 들녘에
겨울 감나무의 쓸쓸함이 너무 짙게 베여
파이프를 문 미셜 푸코의 연기가 떠올라
노을 그트머리를 부여잡고 생감 같은 텁텁한 속을 달랜다

곶감이 익어 간다

긴 줄에 여럿 몸이 한 몸으로 엮이어
서로의 체온으로 익어간다
뒤틀린 몇 밤의 고독으로 속이 뭉그려져야
잘 익은 곶감이 더 잘 익는다

곶감이 익다 겨울마저 익어간다

바람은 몸통을 지나야 숨을 쉴 수가 있고
응달은 잔설까지 탈탈 털어먹어야
어둠을 지울 수가 있고
햇살은 투영되어야 제 속을 데운다

별난버섯집에서 버섯탕을 끓이며

눈 뜨자마자 쿠팡 포장박스를 뜯는다
칼로 바로 긋지 못해 속에 있는 것까지 상한다
바르게 선을 긋는다는 것이 쉽지가 않다
바르게 선을 긋고 산다는 생각이 잘못된 것일까

별산버섯집으로 간다
팔당을 끼고 가는 길이 바르지 않아 답답하다

버섯탕을 끓인다
그늘진 삭시간의 팽이버섯도 넣고
말오줌나무에서 귀를 여는 목이버섯도 넣고
자랄수록 흙색를 드러내는 능이버섯도 넣고

다 끓은 버섯탕에
백만송이버섯도 데쳐 먹고
고뇌 가득한 만가닥버섯도 쌈 싸 먹고
죽은꽃 동충하초도 건져 먹고
너무나 많은 것들이 팔당의 불빛과 함께 끓고 있다

돌아오는 길이 바르지 않아도 답답하지 않다

능이버섯의 국물은 흑맛이다

삼계탕 사러 마트에 갔다

속을 매끄럽게 다 드러낸 말끔한 닭몸을 담고
비싼 능이버섯을 살까 말까

능이버섯은 젖은 나무 사이로 제 몸집을 부풀려
햇그늘에 바짝바짝 말려
진열대에 큰 숨을 내쉬고 있다

국내산이 중국산보다 열배 비싸다
양질전환인가
질적포만인가
마트 갈 때마다 늘 고민하면서 장바구니에 담는다

삼계탕이 보들보들 잘 익은 닭능이가 되었다

살 속을 깊이 헤집으면
대추는 찰진 찰밥에 몸을 파묻어 벌겋게 앉아 있고
능이버섯은 흰 구름을 쥐어짜 먹구름으로
국물을 만들었다
다 익은 능이버섯의 몸은 흑색이고
국물은 흑맛이다
사람 속을 끝까지 다 뒤집어 다 말리고 다 삭이면
우려 나오는 색이다

마음 탁한 하루

맑지고 맵지도 않는 탁한 오리탕에
다리 죽지가 맛이 없다고
헛톡헛톡 소통 안돼 속 닳아 투덜투덜

명지는 코로나 격리로 갇혀 있다
물컹한 바람이 관통하지 않는 햇살은 감옥이다
빠삐용을 닮은 베스킨라빈스 오색 아이스크림을 퍼먹으면
소소한 자유가 혀 속에 톡톡 퍼진다
일상이 갇힌 낮달은 에르메스 립스틱을 발라야 해달이 된다

예림이가 영상 하나 보내왔다
예림이 할머니가 먼저 떠난 딸을 그리워하며
눈물을 훌쩍훌쩍 훔치는 영상이었다
보고 싶은데 볼 수 없는 슬픔은 슬픔이 아니다
보고 싶은 것 자체가 없는 슬픔이 진짜 슬픔이다

혀
속
에

거
울
을

보
며

잠실 저스트 K팝에서 우리는 울거울을 보았다

거울은 언제나 날 기다린 듯 서 있다
거울은 뒤가 없고 앞만 보여준다
자기가 시간인가
지나가는 것을 쳐다만 보고 붙잡지도 않는다

탁자 위에 철학자 라캉의 거울이 희끗 보인다
난 단 한 번도 내 얼굴을 본 적 없다
바람 불면 물우물에 내 얼굴이 물렁대고
다 퍼붓는 햇빛의 울거울에 내 얼굴이 묻힌다

거울은 아메리카노가 쪽 빨린 공허가
짙게 베인 혀 같다

혜은이는 혀 속에 달달한 스파게티가 돌돌 말린
사랑을 더듬더듬 삼키고
유진이는 유학 갔다 와 자리 잡지 못한 물컹한 자아를
둘둘 말아올리고
나는 늙은 스테이크에 설익은 안개를 질겅질겅 썰고 있다

우리는 저스트 K팝에 앉아 저마다 슬픔 같은 공허를 견디고 있다

어느 저녁의 풍경

하남 트루낭에 셋이 모였다

저마다 저녁 풍경을 저문 와규 스테이크에 올려놓고
강노을 크기로 듬북듬북 썰고 있다

소소하고
소담하고
소박하게

트루낭 창밖에는 어제의 겨울 잔설들이
오늘의 따뜻한 밤불에 간간이 훅훅대고
그 옆 산책길에 어느 노부부가
손을 꼭 잡고 걸어가는 옆모습의 풍경이
푸른 샐러드에 올라타 헉헉대는 치즈볼 분위기다

소연이는 살집 좋은 산책길 같다

갈풀로 홀로 물바람에 반들반들 대며
누가 밀치면 밀치는 대로 길을 내주고
가끔 바람을 밀쳐 스스로 길을 내기도 하고
자전거 바큇살에 바짝 달라붙은 햇빛처럼
쉼 없이 그 길을 내달린다

민석이는 어제 갓 내린 봄눈 같다

흰 물풀숲에 첫 발자국을 찍는 학 같기도 하고
나뭇가지 끝에 생각의 무게로 매달린
잔설을 탈탈 털어내는 어느 바람 같기도 하고
어느 누군가를 만나도 그 바람이 되어준다

5

사랑은
마음이
먼저다

폭
설
이

고
속
도
로
를

덮
친
다

고향가는 새벽길 고속도로가 폭설로 거칠다
산안개가 비틀거리는 차선을 덮친다
눈떼가 모질게 질척　수록
마음 안의 풍경은 오히려 고요하다

와이퍼가 어릴 적 눈의 기억을 쓰닥쓰닥 댄다

동네 입구에서 초등학교까지
바람떼가 눈떼 꼬랑지를 잡으려
밤새 눈두덩이가 무릎만큼 부풀어 올라
세상 모든 길을 푹푹 뭉갠다
동네 마을 사람들은 저마다 마음의 넉가래를 들고
수평을 밀며 아침해 먹이로 떠 얹는다

뒷산 청대숲에 산토끼 잡으러 갔다가
세상의 첫 발자국을 찍으려 후다닥 내달리던
수수한 그 마음이 수수꽃처럼 그립다

소민이와 전화 한 통에
폭설이 지나 낮과 밤의 사잇길에
산안개비가 추적추적댄다

내가 살 강변은 있는 걸까

코로나로 텅 빈 스타필드 신세계백화점에
크레이지카츠에서 홀로 앉아
우울을 듬뿍 먹은
슬픈 치즈 돈까스를 끄적끄적 먹는다
골프연습장에는 낯선 사람들이 너무 많아
공만 때리다 멍만 때리다 공허만 때린다
스타벅스 리저브는
내가 좋아하는 커피는 없고 사람들만 득실득실하다

엄마야 누나야 강변 살자_뜰에는 반짝이는 금 모래 빛

집으로 돌아와 뒤치락거린다
고구마는 푹푹 찌는 찜통에 요가 자세로 앉아
속을 익히다
누군가가 젓가락으로 훅훅 찔러대는 상처에
생채기가 너무 깊게 패이고
바나나는 제 속을 다 뒤집어 몸은 덜 익어 텁텁하고
마음은 쓰레기통에 껍질 채 버려져 있고
열서너 개의 터널의 등골이 훤히 드러난
포도넝쿨의 지독한 고독이 말라비틀어진 아이스와인이
뚜껑 열려 김 다 빠져있고

뒷문 밖에는 갈잎의 노래_엄마야 누나야 강변 살자

밤비가 비틀거리며 내린다

고속도로에 거친 밤비가 내린다
차선의 윤곽조차 지독하게 비틀거린다

왜 그녀에게 전화가 되지 않을까
종일 칭얼칭얼대던 노란 카톡도 깜깜하다
핸드폰에서는 비상 깜빡이와 뒤섞인
드라마 보좌관의 소리가 흘러나온다
다들 날이 바짝 서 있다

어둡다

고속도로에는 버려진 시간들이 득실득실하다
참을 수 없는 존재의 가벼움에
앞차 브레이크 고양이눈 불빛처럼 연신 욱욱댄다
사랑은 그렇게 호락호락하지 않다

더 어둡다

몇 점 안 되는 세상의 모든 불빛을
끌어모아야 견딜 수 있다
백미러 속 지난 시간을 떠올리며
뒤차의 불빛을 모으고
내 불빛을 던지면 되돌아오는
푸른 **표지판의 불**빛도 모으고
여행 갔던 여행 광고판 스토리도 모으고
달리는 다른 차들의 여러 뒷불을 모으고 모아

비틀거리며 쏟아지는
밤비에 겨우 내 차선을 유지한다

거
기
에

내

자
리
가

없
다

인천 만수역에 도착해 지난해 창원에서
참치 머리를 통째로 사서
생각을 해체하면서 먹던
추억이 떠올라 참치집에 갔다

거기에 내 자리가 없다

넉넉하면서도 비어있고
비어있는 듯 가득 차 보이는
세프의 눈빛을 뒤로하고 꼼장어 참숯불집에 갔다

참숯불은 다타 멈추면
검은 잿울음까지 꾸역꾸역 토하며 제 몸을 태운다
꼼장어는 밑불에 그대로 드러누워
아무것도 바라지 않은 채
제 속을 다 내놓고 익는다

거기에도 내 자리가 없다
쌀부엌 카페에 갔다
어머니 자궁 같은 긴 아궁이에 타오르던
늙은 솔가지의 말끔한 불빛이
조명으로 둥실둥실 떠 있다
모든 것이 비어 있다
사람들이 가득 차 있을 때보다
자리가 더 없어 보였다

거기에도 내 자리가 없다

여
시
관
에
서

여우비가 빗살같이 쏟아지던 날
숲속 레스토랑 여시관에 갔다

첫 봄날에 아직도 장작불이 훌훌 타오르고 있었다

누군가가 그립다는 것과 누군가에 대한 조급하다는 것을
구분하지 못하는 못난 마음을
불 속에 넣고 조용히 태웠다

노란 개나리울에 올라타 저녁을 부렁부렁 대는
참새떼가 내 가벼운 존재인 것 같았다

누군가를 사랑해서 타오르는 것과
마음의 허기가 채워지지 않아 파르르르 떠는 것을
바로 보지 못하는 못난 마음을
먹먹한 잿 속에 파묻고 싶었다

까마귀 떼에 몸이 쪼여 마음이 멍들고
구멍이 숭숭 뚫리고 싶었다

강원도 겨울나무를 읽다

그녀를 마음에만 두고 들여다본 세월이 삼십 년이다

차를 타고 강원도로 간다
차 안에는 바람이 분다 노래가 흘러나온다
이소라의 바람이 분다는 우는 서글픔이 말려있고
김필의 바람이 분다는 맑은 쓸쓸함이 베여있다

강원도 겨울나무 앞에 섰다
겨울 빈 가지가 빈 하늘을 구석구석 찌르고
봄날 사랑으로 그 높았던 마음들이
모두 떠난 겨울나무를 읽는다

떠난 꽃잎처럼 사랑이 마음에 떨어지면
시간이 녹아 긴 그리움이 되고
길바닥에 떨어지면 바람에 밟혀 추해진다

떨어진 한 잎처럼 추억을
잘 태우면 누군가의 거름이 되고
잘못 태우면 바람의 먹이가 되어
누군가의 발등에 함부로 차인다

기
다
린
다
고

사
랑
은

올
까

성수동 쵸리상경 나무계단에서 줄서서 기다린다
흰 벽에 기댔다가 난관에 반쯤 누웠다가
긴 기다림은 사랑만큼 아프다

기다리다 지쳐
위쪽 밥 먹는 연인들의 다채로운 사랑을
월긋월긋 쳐다본다

전복은 흰 배때기를 까고
펑퍼짐하게 누워 허공에 멍 때리며
편한 사랑을 하고
다져진 새우는 표고버섯 속으로 들어가
펄펄 끓는 올리브유에
불같은 사랑으로 달짝 달라붙고
수육은 말끔한 차림새로 여리고
어린 배춧잎에 누워
젖은 젓갈 새우를 짜지 않게 포개
정략 사랑을 하고
부추 솔잎은 고기 위에 가지런하게 올라타
반듯한 사랑을 즐긴다

기다리는 것 말고 딱히 방법은 없지만
기다린다고 사랑은 올까

두
개
의

마
음

몸이 귀퉁이에 눌리면
생각이 아프다

여의도 63빌딩 59층 위킹온더클라우드에서
유리창을 들여다보면

긴 길들 위로 밤불들이
진눈깨비처럼
한 몸으로 뒤치락거리고 있다

한 개의 창에 두 개의 마음이 살고 있다

이다 아니다
사랑한다 사랑하지 않는다
시가 탐스럽다 돈이 탐스럽다

생각이 서럽도록 울면
몸이 아프다

젖고 싶은 하루다

불면이 오면
지붕 위에서 절망이 미끄러지는
빗소리를 듣는다
태풍이 지나가는 직전의 고요에 젖고
여름 소나기가 자아를 탈탈 털어내는
숨소리에 젖고
자식을 위해 다 쏟아 주고
흰 구름뼈만 남은 어머니의 손등에 젖고
등짐에 먹구름을 지고 공사판에서 해종일 뒤척대던
아버지의 땀 냄새에 젖는다

젖었던 사랑에 다시 젖는다

밤새 이야기하고
내일 다시 만나 스타벅스 자몽허니블랙에
서로 살아온 스토리를 우려내
서로 젖자고
스크린 골프장에서 굽네치킨 고추바삭 치킨 먹으며
갓 튀긴 매운 사랑이 확확 타올라
입술을 포개던 생각이 나고
잘 익은 체리의 붉은 속울음을 차곡차곡 삭혀
말큼한 식초를 묽은 마음에 휘저어 마시던
기억에 젖는다

그래도 이별에 젖기 싫어
사랑에 젖고 싶지 않다

김제행 고속도로 완행열차를 함께 탔던 친구들

주말에 코다리 먹다 셋이서 코가 빠지도록 낄낄대다
지난번 공연하러 김제행 고속도로 완행열차를 떠올렸다
너는 누구고 나는 누구고
그때 기억이 진한 코다리 국물처럼 훅 지나간다

영랑이는 과수원 길 옆 갈대밭 같다고
부는 바람에 생각의 속뿌리가 깊고
길을 만들어 갈 줄도 알고 길을 지울 줄도 알고
복숭아처럼 안은 단단하고 겉은 부드럽다고

소민이는 마당 귀퉁이 텃밭 같다고
담벼락에 바짝 엎드려 노란 꿈을 꾸는 개나리 같다고
여름날 물오른 흰 오이꽃같이 수수하고
지붕 위 크고 매끈한 가을 단감 같다고

다섯 살 솔이는 딸기 더 달라 안달이고
영랑이는 목 틔운다고 빽빽대고
소민이는 알바 간다고 숨 바쁘고

홍어

너는 무슨 그리움으로 그렇게 삭았나

홍시 같은 부엌에서
저녁밥을 짓는 어머니의 얼굴인가

깊은 바다에
얼마나 많은 카톡를 날려야
몸에 그렇게 힘을 뺄 수 있나

항아리에 탁한 생각을 볏짚으로 감싸고
얼마나 많은 기다림을 눅눅히 묵혀야 하나

생각이 몸 밖으로 빠져나오면
어디로 가나

카톡에 홍어 한 마리 푼다

달처럼 몽그랗게 떠서
꼬리로 노란 바다를 휘적휘적 대며
첫눈 내린 은사시나무밭에 마음 자국 마구마구 찍어대는
발칙한 홍어가
고독한 독을 독하게 톡 쏘고 카핑 속에 숨는다

겨
울
비
가

내
리
던

날

아이유 개여울 노래의 가라앉음이 베인 겨울비다

겨울비가 고속도로에 우울처럼 추적추적 댄다
정 붙일 사람 하나 없는 내 마음을 닮았다

어둠이 끝도 없이 펼쳐져 있다
겨울비는 가로등에 기대야만 그 깊이를 알 수 있다
얼마나 더 견디어야 겨울비가 멈출까

차량 앞불로 겨우 뒷길을 만들어 가고 있다
소연이에게 전화가 왔다
햇살을 적시는 여우비처럼 먹먹한 소통이었다
견딤의 끝은 가까운 사람에게 있지는 않을까

대청마루에 느적느적 낮잠을 자다
후다닥 쏟아지는 여름날 소낙비가 오늘따라 너무 그립다

몸
이

마
른
다

몸이 마른다
시를 써도 몸이 마르고
골프공을 부서져라 쳐도 몸이 더 마른다

조카가 물 세 병을 탁자 위에 놓고 외출을 한다

제주도 삼다수는 깎아진 절벽처럼 제 몸을 깎아
거센 기다림이 거세고
울릉 해양 심층수는 외딴 섬에 산꽃이 녹아
외로움조차 돌바람에 삭아 깊어지고
지리산 수는 산이 산을 옭아 물이 물을 엮어
사람 등짝에 병풍을 펼치고

몸이 마르고 마음까지 다 마르고
내장까지 다 말라 비틀어져야

몸이 젖으려나

만
수
동

가
는

길

만수동 가는 차들이 밀치다 치이다 붐빈다

전선탑 전깃줄은 붉은 저녁해를 탈탈 털어내고
터널 앞 떼지은 소나무는 어둠이 깊다고
바람에게 웅성대며 서로 걱정을 하고
살아서 서로 얼굴을 모르는 사람들이
죽어서 서로 반갑다고
공동묘지 봉분 앞에서 잘 익은 햇빛을 앞다투어 다독이고

야산 나지막한 노란 산수유나무가
봄날을 재촉하는 길을 지나 만수동 참치마니아 집에 도착했다

그 사람과 참치를 먹는다

참치 뱃살에 지난밤 대숲에 퍼붓던 눈꽃이 내렸다
참치 머리살을 먹으며 탁한 생각을 해체하고
맑은 마음으로만 채웠다
사케로 마른 몸을
조금씩 씻어내며 한 모금씩 다가갔다

베스킨라빈스로 자리를 옮겼다

콤보에는 세상의 겨울이 다 담겨있다
겨울 냇가 아래 메기와 가물치가 단짝인 듯
서로 수염이 길다고 재고
얼음 웅덩이는 생채기를 내는 돌멩이마저
서로 껴안은 채 얼었다

그 사람은 겨울 마음도 시리게 푸르다

116

그 사람

그 사람은
청보리밭에 낮은 길을 누들누들 누비다
배고파 수초 물뿌리를 씻다가
뒷등으로 코스모스 긴 목을 떼지어 흔들어 대는
마음 낮은 바람이다

그 사람은
첫맛은 달짝달짝 뒷맛은 씁쓸씁쓸
밀크 에스프레소의 시크한 마음도 있다

그 사람은
하노이 흰 꽃에 겹겹이 얼굴을 묻고
뒤태가 너무 매혹적인 당근 케이크의 달달한 마음도 있다

그 사람의 속꽃은
속울음이 속웃음보다 더 깊다

두
가
지
에
는

사
이
가

있
다

두 나무는 하늘을 끼고 옮혀 있고
두 방둑은 강을 끼고 내달리고
두 집은 벽을 끼고
서 있고

사람과 사람 사이는
맑은 남해바다 같아야
수평선 저녁 그물을 뿌려
만선의 통통배가 사잇길을 휘적휘적 휘적대야

사랑과 사랑 사이에는
바다를 유영하는 홍어이어야
마음뼈와 몸살이 반죽되어 휘젓휘젓 휘젓대야

시는 속보다 밖에 드러난
풍경에 더 있고
언어는 입속 혀보다 입 밖의 말이 진실에 더 가깝다

방태 손만두 막국수집에서

방태 손만두 막국수집에서 젓가락을 끄적끄적대면
사랑에 대한 생각이 휘적휘적 댄다

방태 손만두의 고기와 야채는
흰 만두피 속에서 가진 것 모든 것을 뒤섞어
풍미를 빚는다
겉은 부드럽고 속은 꽉 찬
몸이 즐거운 사랑이다

서로의 차이를 통째로 넣어 푹 삶으면
부들부들해진다
젖은 명이나물 위에 맑붉은 무채 올려
한 잎 가득 씹으면
사랑의 깊은 맛이 씹을수록 주섬주섬 올라온다

삭인 명태회가 막국수에 시간을 포갠다
폭포 같은 흰 메밀꽃 순수가 희끗희끗 보이고
메밀면 찰기가 매일밤 휴대폰을 놓지 못하는 마음을
찰삭찰삭 때린다

하남 미사에 커피섬이 있다

하남 미사섬 커피 농원에 시크한 아이유의 셀러브러티가 있다

커피 아저씨가 심은 커피나무마다
열매가 말라 비틀어졌다
어느 날 오목눈이 새가 어느 커피나무에 집을 지었다
새 잠을 방해할까 봐
그 어느 커피나무에만 물을 주지 않았다
그 어느 커피나무에만 붉탐붉탐 열매가 열렸다

우연히 오는 우연한 일들이 더 깊게 젖을 때가 있다

미사섬 리버 커피숍 앞쪽 산책길에
갓 볶은 아이유의 가을 아침이 있다

늙은 노부부가 두 손을 꼭 잡고 속닥속닥 대며
아주 느리게 걷고 있고
흰 햇빛이 풀풀대는 푸들이 다섯 살 여자아이의
흰 손에 이끌려 도란도란 걷고 있고
자전거 타는 아저씨의
잘 익은 헬멧이 저녁해에 반죽된 불타는 고구마 같다

오랜 그 길을 걷다 보면
그 길이 그 걸음걸이를 알아볼 때가 있다

텅 빈 무대에 조명이 탁 켜지고 설렘이 가득 찬다
기타를 뜯으면서 젖은 기억을 뜯어내고
대기실에는 망개떡을 먹으며
요즘 보릿고개 타령에 손놀림이
다들 숨 가프고 목이 먹먹히 메인다

임지훈_사랑의 썰물

토끼를 키우던 목장집에 목덜미가
흰 어릴 적 서울 아이가 생각나고
담배 물고 굴밤나무 밑에서 이별을 고하던
중학교 때 그 여름밤이 생각나고
등걸나무 아래 반팔 티 맨살이 부끄러워
가디건을 얼릉 걸치던 대학시절 그 사랑이 생각나고

임지훈의 하모니카에 소싯적 그 맑았던
사랑의 기억이 푸른 조명 타고 줄줄줄 흐른다

양하영_가슴앓이

그녀 얼굴 한번 보려 봉림상회 레코드 가게 처마 밑에
빗소리를 처벅처벅 세다
마음이 다 젖어 다시 마른 줄도 몰랐던 기억이 떠오르고
서강대 뒷길 철길을 뚜벅뚜벅 걸으며
이별을 고하던 그녀가 너무 미워
담벼락을 몇 번 두들겨 패다 그냥 주저앉았던
기억이 떠오르고

한강 밤노을에 돗자리 깔고 나란히 누워
몸치렁대던 그때가 생각나고

양하영의 그때 그 가슴앓이가
색스폰 소리에 올라타 우는 모습이 더 아린다

6

물컹한 자아
늘 곁에 있다

달　　일곱 살 때 청보리밭에
흰 엉덩이를 까고
대피 보다가
문득 올려다 본 달이
내 속으로 들어왔다

그 뒤 단 한 번도
달은 내 밖으로 나온 적 없다

물이 얼릉대면 달이 엉그러지고
달이 얼릉대도 물은 그대로다

물을 몸 안 세상과
수평 저울을 맞춰야
달이 달큼하다

달이 들어오면서
카카오처럼 하나 플랫폼에
수 십 개의 노란 은유가 얼렁거리고
맑은 무채가 붐비는 보리밥처럼
처음은 편안하고
그 다음은 더 편안하다

달은 내 속에 나갈 생각이 없겠지만
나도 내보낼 생각이 없다

드라마 하얀거탑 — 사람같이 살고는 있는 걸까

말굽 팔찌도 가짜다
살 빼서 얼굴이 더 늙어 몹쓸 꼴이다
큐빅 재규어가 올라탄 금목걸이에
밤마다 가위가 눌린다
바지를 사도 태가 안 나 당면 퍼진 합바지 같다
몸은 허리가 돌돌 말려 쪼그라든
김치짜글이 같다
작은 일에는 좁쌀처럼 쫀쫀하고
큰일에는 힘겨워 바로 단절하는 지독한 찌질이 같다

오 크리스마 트리_소나무야 소나무야 언제나 푸른 네 빛

가끔 부락부락 들이대는 뽐새가
때도 없이 왈왈대는 시츄 자두 같다
가끔 어려웠던 그때를 너무 쉽게 잊어버리는
수탉대가리 같다
혀가 가벼워 주둥아리로만 깔깔대는
얍삽한 오리 새끼 같다
사랑에 굶주려 헉헉대는 발정 난 동네 똥개 같다
아무 생각이 나 퍼먹는 제주도 똥돼지 같다

오 크리스마 트리_소나무야 소나무야 언제나 푸른 네 빛

설날 마트가 내 같다

마트 전구등처럼
겉만 휘영청한 설날이다

저 멀건 무우 놈은
오늘만 살듯이 배때기를 허옇게 까 희희말깔 대고
요쿠르트 닥터캡슐은 입속에서 터져야
제맛이지 하며 이쪽저쪽 시부렁대고 있다

양배추는 남들이 자기 속이 그렇게
궁금하지도 않는데
뭘 그렇게 매일 밤 속을 감추고 있는지

저 고기는 물속에서 저온 숙성
핑계 대고 긴 겨울잠을 자고 있다

어머님이 좋아하는 갈치도 있다
겨울바다 등빛을 퍼올려
몸단장을 하는 갈치떼가
흰 소금에 절여 내일을 옮긴다

설 마트가 꼭 내 같다

니
모

거
미
야

너
를

닮
고

싶
구
나

우리가 아는 거미는
구석 귀퉁이에 쭈그리고 앉아
지지리 궁상을 거꾸로 매달고 있지만
내가 아는 니모 거미는
빈센트 반고흐의 별이 빛나는 밤에 얼굴을 하고
중심을 뒹굴고 있다

김태희 샴푸를 봄날 벚꽃처럼 팍팍 문질려도
곱슬머리 머리카락은 어김없이 빠지고
프레시 화장품을 잔뜩 발라
노란 참외처럼 매끈하게 얼굴 잔주름을 펼쳐도
팔자주름의 골짜기는 깊고
목에는 짜글이가 자글자글하다
세라젬으로 목등을 쭉 펴 물저울을 만들고
골프의 좌우 등회전으로
수양버들 긴 몸채처럼 휘들휘들 펴보지만
갈수록 발톱은 굽고 등은 쪼그라든다

거미야 거미야 니모 거미야 너를 닮고 싶구나

시인이 대학 2학년 때 내 꿈은 시인이었다
꿈이었다 시를 쓰기 위해 공사판 톱밥에 섞인
구부러진 못을 주우며
밑바닥 삶에 대해 뼈저리게 느꼈고
산사에서 청기와 지붕 위 마른 흙을 긁어내며
오래된 것을 비워내는 법을 배웠고
봄날 산길을 걸으며
도토리 먹다 뒤돌아 웃는
다람쥐의 눈에서 맑은 순수를 보며
나도 저렇게 살아야겠다 생각했다

머리카락을 깎는다

준오헤어 로라 선생님은 세 살 아이가
지니랑 말을 할 때 제일 예쁘다고 했다
아이의 말과 지니의 답이 일치하지 않아
우습다고 했다

나도 우습다
헤이 카카오에게 '사랑이 뭐야'라고 물어보면
'사탕 줄 게 없어요'라고 답한다

생각할 때와 생각이 몸 밖으로 빠져나왔을 때
비슈겐슈타인 언어의 한계처럼
일체가 되지 않는다

옆자란 생각의 머리카락은 덕지덕지 붙은 못난 덧정 같다
덧정은 한 번에 탁 쳐내야 한다
단번에 끝내야 바르고 올곧아진다

웃자란 생각의 머리카락은 물컹한 이성 같다
좌우 높이를 바르게 살피고
가위질로 싹둑싹둑 잘라야 중심이 바로 선다

뒷덜미 둘레를 커트 칼로
길을 가다듬고 문밖을 나선다

깎은 머리카락이 언제까지 버틸 수 있을까

생
각
의 새
　　치

생각이 어긋나면 새치가 자란다
새치를 하나 뽑으면
더 많은 새치가 생긴다
나이를 먹을수록 생각을 내려놓기가
쉽지 않다
좋은 생각이 몸으로 빠져나오는 것은 더 어렵다

생각의 새치를 감추려 염색약을 발라도
뿌리까지 닿지 않는다

생각을 자르려 머리카락을 자른다
미용사의 흰 팔뚝아래 꽃문신이 자욱하고
꽃벌이 잉잉대며 자른다
새치는 뿌리를 감추고 벌벌대며 도망다닌다

생각의 머리를 감는다
손톱 스크래치로 새치를 퍽퍽대다
새치가 깊은 스트레스를 팍팍 누르면
새치가 뒤덜미를 빠져나가면서 덜컥덜컥댄다

생각을 세차하며

지난밤 폭설은 낭만이었지만 해 뜨자
차의 얼룩이 수두룩하다

첫물의 힘은 길고 가늘어야
탁한 생각이 잘 미끄러지고
거품은 영혼이 맑아야
생각이 묽어지고
뒤물은 무늬를 잘 밀어내야
생각의 몸뼈가 다시 자란다

내 생각이 뒤 트렁크만큼 어지럽다
내 생각은 걸음걸이가 지그재그라 먼지도 많다
공기 흡입기로 차안 먼지를 빨아당기며
앞 생각으로 뒷 생각을 힘껏 밀쳐낸다

껍질을 깎는다

신동엽 시집의 껍데기는 가라를 밑에 깔고
손톱을 깎는다

껍질이 숨차도록 가파르다

오래된 것이라고 다 좋은 것은 아니다

생각이 웃자라
손톱 밑 오랜 가시가 박혀
생채기를 툭툭 쳐대며 시비를 건다

30년 지기 선배랑
서로 연락 안 한다고 서로 서운하다고 싸우다
핸드폰을 물컹한 물침대에 던진다

폼클렌징으로 얼굴 껍질을 벗긴다
벗길수록 더 벗겨지고
벗긴 것은 아무런 쓸모가 없다
사과 껍질을 깎다
답답해 껍질째 먹는다

골프는 힘이 빠져야 한다

힘이 빠지면 채가 등짝을 튕기면서 튄다
대나무가 휘어져 휘뻗는 힘처럼
힘을 빼야 좌우로 뛰쳐나간다

컴퍼스처럼 한쪽 다리에 깊은 축을 두어야
다른 한쪽이 비틀거려도
다시 제자리를 잡을 수 있고
둥글고 몽그란 선으로 툭 던져야
올곧은 방향으로 튕겨 나간다

수양버들 야들야들 푸른 몸채로
흐르는 것들 손목으로 낚아 채
내던질 줄 알아야 힘이 빠진 것이다

물 속에서 몸을 밀면서
몸 안에 먹먹한 원을 밀쳐내는 개여울의 물여치처럼
치면서 친다는 생각이 없어져야
힘이 빠진 것이다
이스라엘 하이파 해변가에서 마지막 빛을 발하는
저녁 햇빛과 반죽돼 저돌적으로 서핑하는 어느 노인처럼
회전하면서 휙 뛰쳐나가는 것과
아무 생각을 하지 않는 것의 일체감이
힘이 빠진 것이다

문득 철갑딱정벌레가 생각난다

코로나가 휩쓸고 간 자리마다 일상이 싹 다 마르고
새까맣게 다 탔다
유효기간 지난 게토레이가 나가지도 들어가지도 못한 채
숨만 겨우 쉬고 침대에 널브러져 있다

코로나 일상은 센 가스불 위 쥐포와 치즈 같다
쥐포는 몸을 동글게 말아 쪼그라들다
끝에서 타들어가고
치즈는 몸을 쭉 늘리다 푹 삭 늙어
가장자리에서부터 타들어간다

거북이 등껍질 같은
철갑딱정벌레가 문득 생각난다

코끼리에 말려도 다시 얇은 날개를 파닥파닥 대고
자기 몸무게 3만 9천 배의 프레스를
바람 구멍으로 튕겨내고
트래킹 좌표의 딱딱한 껍질을 퍼즐로
뒤집어 씌고
숨 주머니에 휘어짐으로 세상의 무게를 한껏 밀어낸다

나는 곰벌레다

관세청 사거리 소호 사무실에서
누런 박스를 깔고
찬 겨울을 돌돌 말아 자고

화장실 세면대에 물 받아
허급허급 머리카락을 감다
눈물이 울컥해 마음이 저리고

월급 줄 돈이 없어
가족 호주머니를 독감처럼 기웃거리고
지인의 지갑을 스토크처럼 후벼 파 매달리고

지하 단칸방 방구석에 홀로 누워
우주 미아로 둥둥 떠 있는
흰 알 속의 나를 들여다보다

자아정전을 내린다

불 꺼진 방
낡은 운동화 밑에 깔려 있는
고독은 더듬더듬 열알을 바짝 조우고

서랍을 뒤치락거리던 외로움이
원고지에 푸른 핏대를 세워 글알을 잘근잘근 밟고

텅 빈 통장 잔고에는 공허가 쌀알을 흩뿌리며
허허댄다

대
왕
고
래
가

길

위
에
서

자
맥
질
하
다

공연 가는 길도 고향 가는 길도 길다
고속도로에 버려지는 시간이 길다

작은 것에 좁쌀처럼 쌀쌀대고
적은 것에 칼칼대며 크렁거리고
내 몸 구석구석 좁다란 길들이
마른 담쟁이넝쿨처럼 우글우글 대고

대왕고래처럼 내 몸길을 자맥질 하고 싶다

온몸을 다해
차선을 훅훅 휘젓는 자맥질로
질긴 길들을 헤집으며 나가고 싶고

단 한 번의 들숨으로
수백만 봄날 벚꽃을 다 흡입하고
내뿜는 날숨으로
옆을 지나가는 버스 한대 분량의 흰 바람물을
공중에 뿌리며
아직도 살아있는 내 삶에도 흩뿌리고 싶고

코끼리만 한 혀 위에
집어삼킨 새우눈의 흰 알들을 널어 말리듯
젖은 말들을 바짝 말려
누군가에게 밝은 차선이 되어주고 싶고

급 브레이크 밟는 승용차만 한 심장에
붉은 해초가 달라붙어
울울대는 열정을 세차게 훑어내고 싶다

141

강털소나무는 아직도 살아있다

강털소나무 나이는
4,861살로 세상에서 가장 오래 살아남은 자다

늙을 대로 늙어 죽음에 가까워질수록
몇 가닥의 잔뿌리로
몇 개의 잔가지로만 숨을 크게 쉰다
모든 힘을 낮게 내려 놓을수록
옹틀린 뿌리가 확 풀린다

강털소나무는 죽어도 1,000년을 있는 그대로 버티고 있다

물컹한 자아가 카톡에 끄적끄적 갇혀
얼굴이 노랗게 뜨고
쿠팡으로 먹고자고쓰고 저녁에 클릭하면
새벽마다 뜯어진 박스 껍데기에헐렁한 자아가 간신히 붙어있다
누군가가 밟으면 그대로 푹 꺼져 버린다

강털소나무는 몸 속으로 매일 밤마다 밀도를 밀어 넣고 있다

맑은 말을 잘하고 싶다

박대표와 놈놈숯불갈비에서
소박한 닭불을 쬐며 탁한 말을 말리며

설날 농협 현금인출기에서
현금 뽑다 양말 파는
낯선 사람에게 까칠까칠 대고
명절 가족들이 다 모여서 돌아가신 아버지에게 톡톡대고
술 드시는 형님 틱틱대고
서로 욱하며 탁탁대고

어떻게 하면 맑은 말을 잘 할 수 있을까

개여울 물소리처럼 귀가 조올조올 즐겁게
모닥불 타닥타닥 타듯 눈이 먹먹하게 말을 잘하고 싶다

설날 인사 카톡을 뒤척거리다
팝페라 연리지 가수들이 떠올랐다

명지는 노란 마늘 유자 소스처럼 심지가 깊고
말의 색이 밝고
리현이는 정에 절절 녹은 치즈처럼
말이 쭉쭉 늘어나 부드럽고
소연이는 고추냉이가 들어가 있는 마요네즈처럼
맵싸로우면서 말의 맵시가 단아하다

배달 가는 숯불 닭갈비집 포장 비닐에
'단골이 됐으면 좋겠다' 적혀있다

나도 맑은 말로 누군가의 단골이 됐으면 좋겠다

드라마 서울 1945 — 삶은 구조다

고 3시절
아버지는 청바지 블루칼라 진
나는 와이샤쓰 화이트칼라 리
긴 바람에 코스모스가 붉닥대는 두 개의 철로 위에서
서로 물러서지 않고

키 큰 소나무가 키득키득대는 학동역에서
스타일리시 스타벅스 갈래 가격 편한 이디야 갈래
점심 먹고 늘 가위바위보 하고
광고제로 가치업 공연신문이냐
이익우선 업 공연기획이냐
퇴사 걸고 포지션 싸움으로 서로 붉락붉락하고

고독에 저린 빈 방에 살냄새가 훅훅 대고
흰밥에 봄동 김치 하나만 척척 걸쳐 먹어도 든든한
결혼이냐
잘 때까지 자고
쉴 때까지 쉬고
트루낭 코스요리에 밤새 와인 먹어도 독한 잔소리가 없는
비혼이냐

삶의 구조에 대해 늘 생각이 붐빈다

7

오늘
다음은
내일이다

오늘과 내일

금요일 퇴근길 집으로 돌아오는 길에
봄산 야꽃은 제 속을 못 이기고
조밥나무 튀기듯 저물어가는 오늘을
마구 밀어 올리고 있다

오늘의 희망을 부지런히 쌓아야 내일의 탑이
쉽게 무너지지 않는다며

스타필드 백화점 지하에 도착해
갓 덴 스시에서 저녁 초밥을 먹는다

젖은 새우 떼가 오늘을 이고 저녁 바위를 지나
내일로 가는 길목에 초밥에 잠시 앉아 쉬고
노란 희망을 돌돌 말아 새벽 노을부터
제 모든 힘을 쏟아붓는 붉닭은 계란말이
초밥에 앉아 오늘을 쪼아먹고

오늘에서 내일로 가는 지름길은 없다
오늘을 반드시 지나야 내일로 간다

늙은 태양은 저녁노을을 시켜서
구름의 옆구리를 쿡쿡 찔러 내일을
줄줄 흘리고 있다

희
망
과

절
망

청춘은 어떤 커피를 먹을까 불안하고
늙춘은 커피가 줄어들면 어쩌지 불안하고

몇 백 년 동안 침묵하며
귀만 열고 살아온 사시나무 탁자에
내 오랜 희망과 절망이 베여있고

희망을 꿈꾸는 자는 시작을 시작할 수 있고
희망을 시작한 사람은 그 끝을 만날 수가 있고

밀크롤 속 흰 희망은
너무 부드러워 부서질까 불안하고
바게트 속 끼인 절망은
너무 딱딱해 마음을 드러내기가 불안하고

터널 앞뒤처럼 절망의 앞뒤는 희망이 있다

골프도

인생이다

첫 홀 첫 티에 첫 공을 올려놓을 때
내 공이 똑바로 갈수 있을까
두려움이 가득하다

마음을 내려놓아야
제 힘을 제대로 쓸 수있다

공이 산 너머로 가도
잘 맞은 단 한 개의 공만 기억해야 다음이 바르다

힘이 빠져야 공이 더 멀리 가고
공을 때린 숫자만큼 공은 더 잘 맞는다

땅은 고르지 않고
두 발의 수평은 뒤뚱거리고 칠수록 뒤땅이 튄다

내 인생도 뒤땅이 수투룩하다

사랑은 힘 빼고 한 번에 제대로 휘툴러야
돈은 내려오면서 마지막에 낚아채야
사람은 내딛는 높낮이를 잘 살펴야

내 인생도 내 골프도 뒤땅이 없다

드라마 '나의 아저씨 2' — 생각을 지우다

드라마 '나의 아저씨'에서 배우 신구가 모닥불을 보면
생각이 없어진다고 했다

방을 데우려면 아궁이에 불을 넣어야 한다
이쪽 쌀부엌에는 아궁이에 밥 짓는 불을 넣고
저쪽 아궁이에는 쇠죽 끓이는 불을 넣는다

이쪽 아궁이에서는
죽어있는 깔비의 부드러운 늙불을 넣고
저쪽 아궁이에서는
살아있는 생솔가지의 눈 따가운 생불을 넣는다

따뜻한 내일의 늙불이거나
지독하게 눈 따가운 오늘의 생불이어야 생각이 지워진다

드라마 '나의 아저씨'에서 아이유는 달리기를 하면
생각이 없어진다고 했다

초등학교 4학년 때 천 미터 달리기 선수였다
육상 선생님은 우리 동네 전봇대를 찍고
다시 학교 운동장으로 돌아오는 훈련을 시켰다
탈수 직전의 거친 숨소리가 턱 밑까지 차야
헉헉대며 생각이 지워진다

문득 통장을 들여다보다가

통장을 들여다보면 내가 살아온 길이 보인다
숫자가 노란 달덩이같이도 하고
깊게 패인 발자국 같기도 하고

카드값 월세 직원 월급 세금 미납
통장에 숫자가 탈탈 털려 너무 절절할 때
조여오는 괴로움이 슬픔보다 깊다

가끔 외딴 집으로 가고 싶다

김칫독에서 잘 익은 김치 몇 포기 넣고
생살이 탐스러운 돼지고기 앞다리살 철벅철벅 썰어 넣고
텃밭에서 키운 마늘을 도마에 퍽 눌러서 넣고
처마 끝 범종에서 달랑대는 바람도 넣고
마당에 배 까고 설렁대는 햇살도 넣고

가끔 한달 내내 김치찌개만 먹으며 살고 싶다

드라마 상도 ─ 누군가의 사람이 되어야 한다

흰 맷돌에 돌돌 말려 들어가는 햇콩처럼
내가 절절하게 죽어야 누군가의 맑은 두부 될 수 있다

아무리 물을 쏟아부어도
모든 것을 다 내려보내는
콩나물시루처럼
모든 것을 다 내려놓을 줄 알아야
노란 콩나물을 푸릇푸릇 키울 수 있다

노란 계란 동동 띄우고 벌건 겉절이 퍽 걸쳐
너무 넘치지도 너무 모자라지도 않는
쑥아채 콩나물국밥처럼
속 깊고 맑간 사람이어야
누군가에게 속 트임을 줄 수 있다

몽뜨 피자가게에서

몽뜨에서 직원 둘이랑 화덕 피자를 굽는다

도우를 마처럼 넓게넓게 깔아
토마토소스를 묽게 문지르고
모짜레라 치즈를 시간의 깊이로 쭉 짜서 뭉개고
사람 향내 풍기는 시금치 풀풀대며 걸치고
베이컨은 젖은 듯 마른 듯 반듯하게 펼치고
말간 새우는 훌훌대며 마음을 조각조각 낸다

창밖에 겨울눈이 내린다

쌓이자마자 바람이 톡톡 털어먹는
저 소나무 잔솔 위에 무엇을 또 올려놓아야 하나
누군가가 먼저 밟아 버린
저 눈길에 무슨 발자국을 남겨야 하나

회사를 마음에 담으면
하나의 뿌리에서 수 백의 가시나무가 자라는 아카시아처럼
모든 것이 돌돌돌 뒤엉켜 있다

박이사는 쉬림프 샐러드에 등 굽은 새우와
화덕 피자 크기를 물끄러미 들여다보고
손대리는 고야드 지갑에 숨은 열정을 세다 길을 묻는다

우리는 바다달팽이를 꿈꾼다

살 붙여 살던 학동역에서 정붙여 살 하남으로
사무실을 이사했다

같은 날 같은 것을 장소만 찢었다 바로 풀었는데
마른 냄새가 천리길 풀풀댄다

늙은 먼지가 젖은 공연 포스터에 달라붙어
축 처진 채 귀퉁이에 쭈그려 앉아 있고
낡은 서류 곁가지가 덤불처럼 뒤엉켜
얼굴을 알아볼 수가 없고
종이 물벼룩은 몸의 뒤를 파고들어 앞으로 터져 나온다

사무실을 정리하면서 나는 바다달팽이를 꿈꾼다

바다달팽이는 머리만 남기고 몸을 잘라 버린다
조각난 머리에 새 몸을 만들고
내장을 다시 울리고 심장에 맑은 숨소리를 퍼올린다

가늘고 긴 칸막이 칸칸에 햇살을 올려놓고
바람 구멍 숭숭 뚫어 푸른 오늘을 솔솔 솔뿌리고

개나리를 꽂아 둔 서류함에는 노란 희망이
밤새 몸을 뒤틀어
마른 흙을 탁탁 털어내고
통장 여물통에 여문 연꽃 뿌리가 여름 내내 여적여적 댄다

땅속에서는 딸기의 붉은 실핏줄이 퍼져 내일을 퍼 나르고 있다

우리는 북미사시나무 뿌리처럼 뭉쳐야 한다

세상에서 가장 거대한 생물은
노란 지붕이 떼 지은 북미사시나무이다
하나의 묽은 뿌리에 47,000그루의 청춘들이 푹푹 자란다

민정유진하늘은 뿌리를 공유하는 회사 직원들이다

민정이는 겉은 거친 산길을
홀로 먹먹히 걸어가는 것을 즐기지만
속은 뉴욕타임스케어 광고판에 걸려 있는
화려하고 먹먹한 청춘이다

유진이는 대만 단수이 위런마토우에서
버스킹에 흥얼흥얼대며
늙은 노을과 반죽된 묽은 맥주를 마시며
저녁 풍경을 꿈꾼다

하늘이는 베트남 사파 산안개 속 굽은 길들을 돌돌 말아
가방에 쑤셔 넣고
늦은 출근길 뜀박질에
빈 맥북에 청춘이 한 권의 책처럼 달라붙는다

하나의 플랫폼 뿌리에서 수천의 청꿈들을 키워진다.

공연마케팅을 하다 샐러드 밀키트를 시켰다

코로나로 공연장 앞뒤가 막혔다

스태프들은 배달라이더로 차선을
위태위태 휘젓으며
철가방에는 꿈 대신 빈 밥그릇이 들컥들컥 대고

가수들은 타다 만 불판을 팍팍 문지르며
귀속에 인이어 대신 전화통 붙잡고
하루종일 주문배달 알바하며 헉헉대고

구구절절 절박한 마음 달래려
공연마케팅하다 배고파 샐러드 밀키트를 배달시켰다

설익은 야채에 푹 묻혀
자기 이야기만 늘어놓는 방울토마토에게 귀를 열어주고
유자 드레싱에 노란 위로가 확 퍼져
코 끝이 찡하도록 늘 토닥대고
맑은 치즈가 푹 녹아 서로 관계가 깊도록
시간을 폭 녹이고
통 큰 수박처럼 큰 열매가 큰 꿈을 꾸도록
고개를 끄덕끄덕해주고

바질바질 구운 베이커리에 풋풋한 샐러드를 돌돌 말아
시간을 잘게잘게 뜯어먹는 것이
공연마케팅과 닮았다

예술의 전당에서

예술의 전당 테라로사 커피숍에 있는
산타 테레사 게이샤 커피가
달콤하면서 시큼한 것들로 가득 차 있다

소파 위 아이와 아장아장대며
맑은 시를 쓰고 싶고
책장 숨 틈 사이로 큰 숨을 몰아쉬는
드라마와 공연과 연극들의 스토리를 읽어
커피 로스팅기로 조잘조잘 볶아
진하게 마시고 싶고

발레단 발레리나들이 흰 호수에 해그림자를 발발대던
백조의 호수가 아련하고
한복 자락에 달을 해랑해랑 감추었다
그림자를 하눌하눌 놓았다
한예종 동생들이랑 창작 작품을 올리던 생각이 가물거리고
12첼로 공연을 보면서
같으면서도 다름이 떠올랐던 마음이 아직도 얼얼하다

봄날 산책

트루낭에서 직원들과 함께 점심을 먹었다

회사의 점심시간은
따뜻한 봄날 소풍 같아야 한다고

리조트 밥알이 입안에 통통 튀듯
이야기꽃이 팝팝 튀오르고
육회의 설핏줄에 농한 치즈향 먹먹히 베여
다들 마음이 녹녹히 녹아
서로 눈빛들이 눅눅하고
오리고기 넓적다리 위에는
좁쌀 같은 파떼가 재잘재잘 대고

모두들 시간을 내려놓고
봄날 소풍의 스테이크를 썰고 있다

점심 먹고 조정경기장 공원 벚꽃길을 드라이버 했다

지난 가을 지나가는 사랑이 아쉬운 듯
노란 은행잎이 눈두덩이 붓도록 떼 지어 퉁퉁 울고
옆에 있던 붉은 단풍나무도 덩달아 펑펑 울고
다 가고
다 가도
봄날 벚꽃은 어김없이 다시 찾아오고

누구는 사랑이 계절처럼 다시 와야 좋다고 하고
누구는 다가올 사랑이 기대돼서 좋다고 하고
누구는 사랑이 질까 봐 설레서 좋다고 하고

천프로와 스크린 골프를 치러 갔다

천프로는 해맑은 새벽 달리기 같다
등교 전 흙돌을 발등으로 툭툭 차고 달리다
새벽을 들이키고
훅 내 뱉은 아침노을 같다

퍼팅이 흙돌에 차이는 흰 운동화 끈처럼 지그재그다

퍼팅은 생각을 곳곳하게 세우면 세울수록
핫커피에 혀가 뒤집이듯
훅 지나간다

천프로가 쇼게임에 뒤땅을 치며 뒤뚱거릴 때
퍼팅에 대한 또 다른 생각이 떠오른다

퍼팅은 남해바다 같다
섬과 섬 사이로 사람배가 지나가듯
솔직한 직선이 불빛을 이끌어 가야한다

퍼팅은 제주도 절물 휴양림 편백나무
몸속을 타고 올라가는 이끼를 닮았다
높낮이를 울퉁울퉁 더듬고
좌우를 번들번들 훑어 반듯하게 밀친다

퍼팅은 시간의 거리다
참새떼가 바람을 휘젓는 힘만큼 시간이 거리를 퍼 올린다

사
람
닮
은

과
일

쿠팡으로 과일을 고르다
답답해 동네 과일 가게로 갔다
과일을 쓰닥쓰닥 매만지는 주인 아주머니의 두터운 손등이
과일과 서로 닮았다

참외는 주름 맑은 할머니처럼 속을 쪼개면
노란 걱정이 자알자알 박혀있고
복숭아는 두근거림에 어쩔줄 모르는 첫사랑처럼
겉은 물컹하고
속은 크고 단단한 자아가 있어
조금이라도 잘못 베어물면 아픔이 금세 부풀어 오르고
블루베리는 자매들의 수다처럼
쇼핑다니며 잘난 친구들을 흉보며 키득키득대고
옥수수는 껍질을 까고 까면
그 안에 자기도 모르는 수많은 자아가 우르르 쏟아지고

귀갓길 골목길을 밝히던 과일 가게에서
오늘의 저녁을 골라 담는다

165

덕소 가는
길

1판1쇄 발행   2021년 9월 25일

지은이   이수근
편집   박유진
디자인   그래픽 웨일
펴낸이   박민희
펴낸곳   도서출판 올리버라임
등록   2008년 7월 5일 제101 86 41351호
주소   경기도 하남시 미사대로 510, 828호
전화   031-791-6687
전송   031-791-6687
이메일   sugun11@hanmail.net
홈페이지   www.newstage.co.kr

ISBN 979-11-87114-20-8